CUENTA CONMIGO

por **Kyle Lukoff**  Ilustrado por **Hala Tahboub**

*Beascoa

Este es para Robbin,
por ayudarme a averiguar qué hacer.
—KL

Para Anna.
—HT

Cuando el cactus
de mi hermano murió,
tenía claro lo que había que hacer.

Pero eso no era lo que él quería.

—¿Puedes contarme un chiste, mejor? Me vendría bien reírme un rato.

Así que, cuando se murió
el pececito de mi prima,
tenía claro lo que había que hacer.

Pero eso no era lo que ella quería.

—¿Puedes darme un abrazo, por favor?

Cuando murió el hámster de mi profe, tenía claro lo que había que hacer.

Pero eso no era lo que ella quería.

—Muchas gracias, pero estoy bien. ¿Puedes ayudarme a repartir la merienda?

Así que cuando murió
el perrito de mi cuidadora,
tenía claro lo que había que hacer.

—¡Te he preparado la merienda!

Pero eso no era lo que ella quería.

—¿Te puedo enseñar unas fotos, mejor?

Entonces murió
la abuelita de mi mejor amiga.

Y no supe qué hacer.

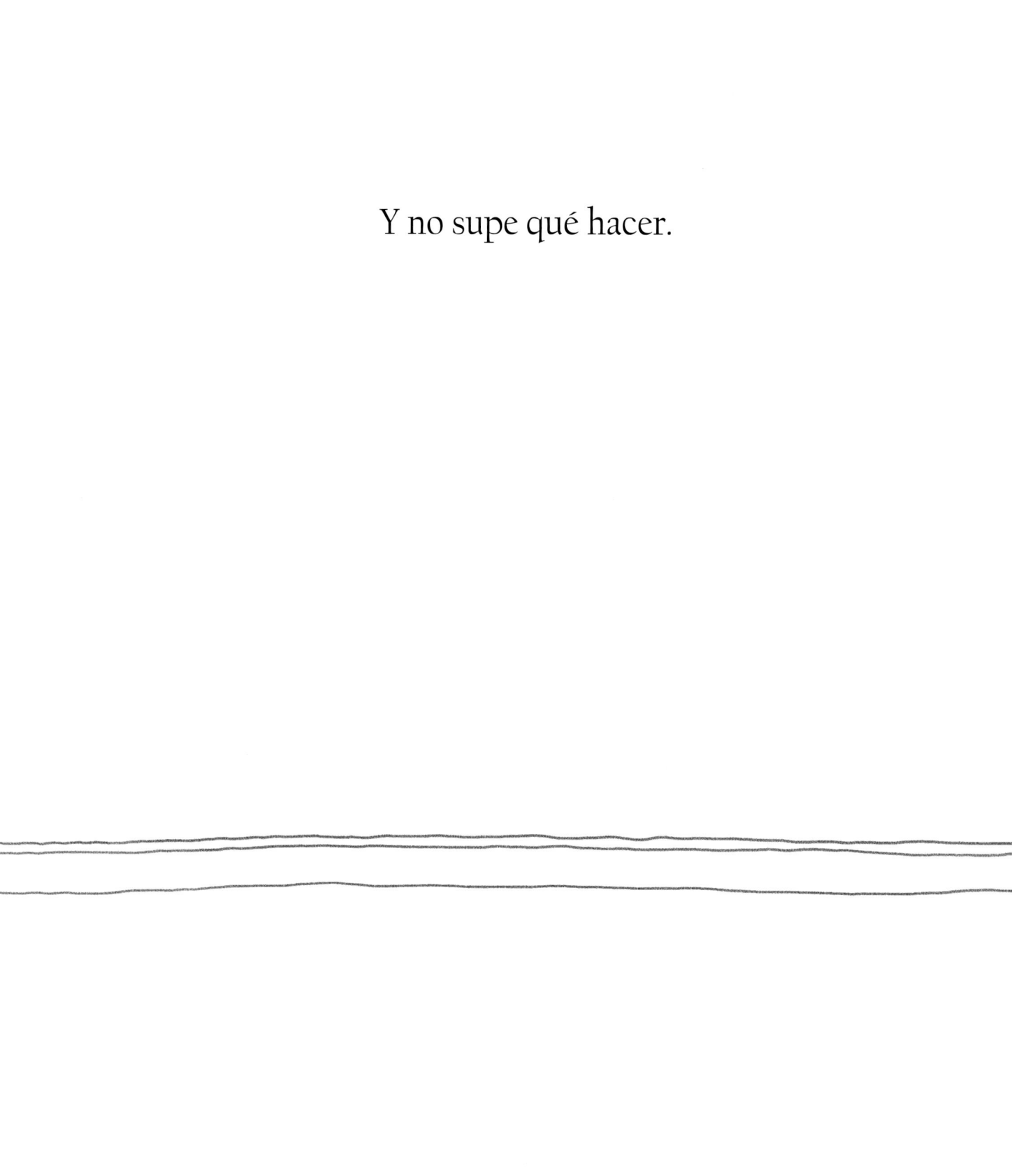

No todo el mundo quiere un dibujo.

No me había pedido un abrazo.

Quería tener claro lo que ella necesitaba.
¿Pero cómo podía saber exactamente qué hacer?

—¿Puedes decirme qué puedo hacer?
No sé cómo ayudarte.

Mi amiga me dijo que no estaba
segura de lo que necesitaba.

Así que fuimos a averiguarlo.

Juntos.

Papel certificado por el Forest Stewardship Council®

Título original: *Just What to Do*
Primera edición: abril de 2025

This edition published by arrangement with Dial Books for Young Readers,
an imprint of Penguin Young Reader's Group, a division of Penguin Random House LLC.
Text copyright © 2024 by Kyle Lukoff
Illustrations copyright © 2024 by Hala Tahboub
© 2025, Penguin Random House Grupo Editorial, S. A. U.
Travessera de Gràcia, 47-49. 08021 Barcelona
© 2025, Penguin Random House Grupo Editorial, S. A. U. / Berta Martín por la traducción

Penguin Random House Grupo Editorial apoya la protección de la propiedad intelectual. La propiedad intelectual estimula la creatividad, defiende la diversidad en el ámbito de las ideas y el conocimiento, promueve la libre expresión y favorece una cultura viva. Gracias por comprar una edición autorizada de este libro y por respetar las leyes de propiedad intelectual al no reproducir ni distribuir ninguna parte de esta obra por ningún medio sin permiso. Al hacerlo está respaldando a los autores y permitiendo que PRHGE continúe publicando libros para todos los lectores. De conformidad con lo dispuesto en el artículo 67.3 del Real Decreto Ley 24/2021, de 2 de noviembre, PRHGE se reserva expresamente los derechos de reproducción y de uso de esta obra y de todos sus elementos mediante medios de lectura mecánica y otros medios adecuados a tal fin. Diríjase a CEDRO (Centro Español de Derechos Reprográficos, http://www.cedro.org) si necesita reproducir algún fragmento de esta obra.
En caso de necesidad, contacte con: seguridadproductos@penguinrandomhouse.com

Printed in Spain – Impreso en España

ISBN: 978-84-488-6963-2
Depósito legal: B-2.695-2025

Compuesto por Rebeca Podio

Impreso en Gráficas Estella
Estella (Navarra)

BE 69632